Todos los osos son zurdos

A LA
ORILLA
DEL VIENTO

AR LUJ: 4.8
Pt: 1

Todos los osos son zurdos

IGNACIO PADILLA

ilustrado por
TRINO

Primera edición, 2010
Quinta reimpresión, 2017

Padilla, Ignacio
　　Todos los osos son zurdos / Ignacio Padilla ; ilus. de Trino. — México :
FCE, 2010
　　70 p. : ilus. ; 19 × 15 cm — (Colec. A la Orilla del Viento)
　　ISBN 978-607-16-0430-9

1. Literatura infantil I. Trino, il. II. Ser. III. t.

LC PZ7　　　　　　　　　　　　　　　　　　　　　　　　Dewey 808.068 P515t

Distribución mundial

© 2010, Ignacio Padilla, texto
© 2010, Trino, ilustraciones

D. R. © 2010, Fondo de Cultura Económica
Carretera Picacho Ajusco, 227; 14738 Ciudad de México
www.fondodeculturaeconomica.com
Comentarios: librosparaninos@fondodeculturaeconomica.com
Tel.: (55)5449-1871

Editoras: Eliana Pasarán y Libia Brenda Castro
Diseño gráfico: Miguel Venegas Geffroy
Diseño de la colección: León Muñoz Santini

Se prohíbe la reproducción parcial o total de esta obra, sea cual fuere
el medio, sin la anuencia por escrito del titular de los derechos.

ISBN 978-607-16-0430-9

Impreso en México • *Printed in Mexico*

Índice

La Ley Rulo de la Rompitud de las Cosas	7
¿Qué tiene mi hijo, doctor?	15
La segunda Ley de la Rompitud	23
Una impostora en el reino de los zurdos	28
El duelo de los zurdos	36
La Sociedad de los Osos Polares	41
Las reglas de la Sociedad de los Osos Polares	46
La Sociedad de las Guacamayas Silvestres	50
La Declaración Universal	54
Ni osos ni guacamayas	59
El último de los osos	65

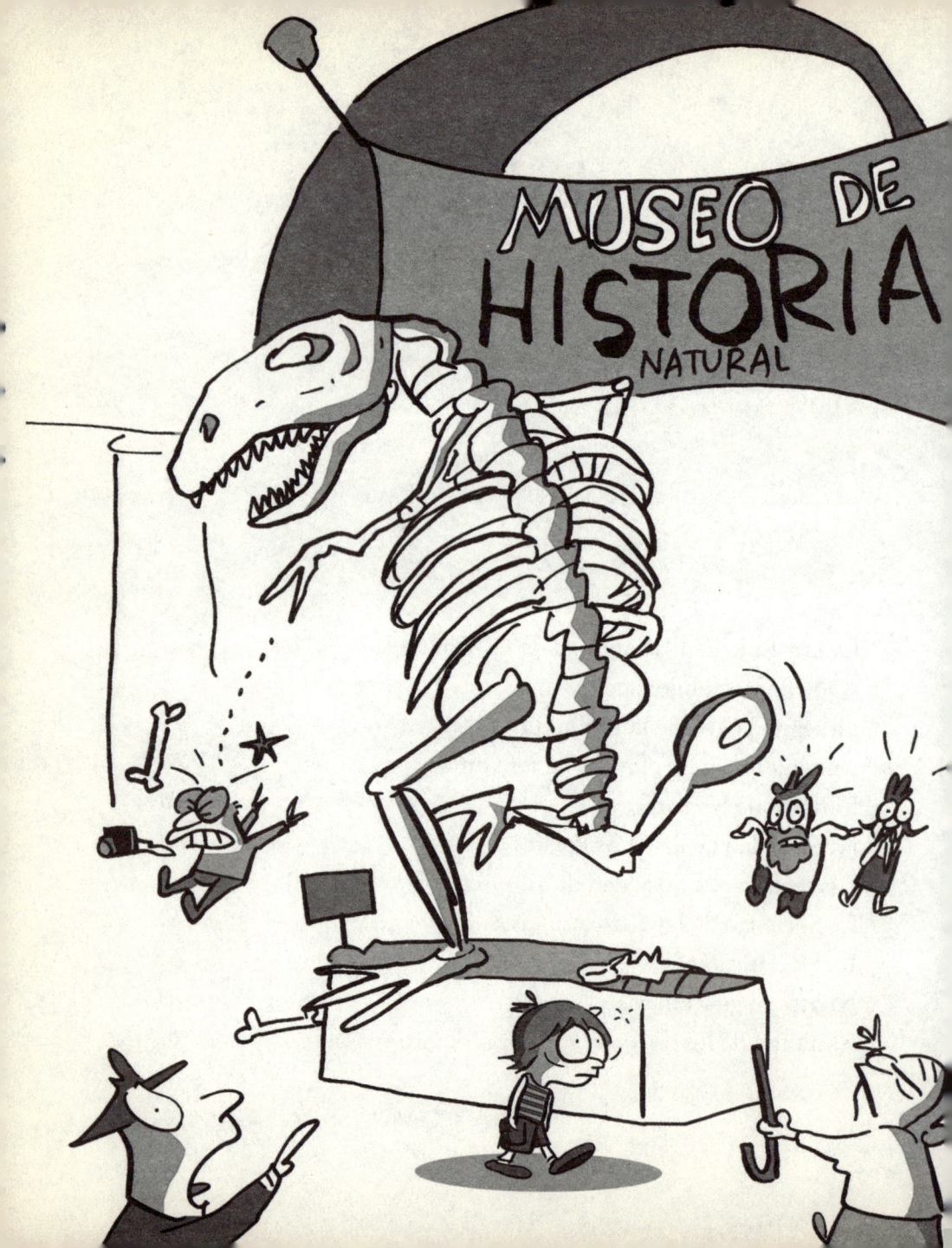

La Ley Rulo
de la Rompitud de las Cosas

Rulo tiraba cosas. No lo hacía adrede: simplemente se le caían. Casi siempre tiraba cosas que se rompían con facilidad. No se le caían las hojas de papel ni los calcetines ni las borlas de algodón que usaba su mamá para quitarse el maquillaje. A él se le caían los vasos de vidrio y los floreros, sobre todo si eran caros. Se le caían las esferas de Navidad y los barcos de madera que armaba su papá.

A veces Rulo no tenía que tirar algo para romperlo. Si chutaba un balón, rompía una ventana. Si se agachaba para recoger un lápiz, rompía una silla con la cabeza. El caso es que siempre estaba rompiendo algo.

Desde luego, Rulo también podía tirarse y romperse a sí mismo. Tropezaba siempre, con las banquetas, con los muebles, con el suelo. Aunque era muy joven, Rulo se había dado muchos golpes en la vida. En las fotos familiares aparecía como un bebé con la frente llena de chipotes. Por eso ahora tenía la cabeza más dura que una bala de cañón. ¡Había logrado que su cuerpo fuera un peligro para cualquier cosa rompible que se atravesara en su camino!

Durante un tiempo, Rulo pensó que tropezaba porque nunca le enseñaron a amarrarse las agujetas. Entonces inventó un nudo complicadísimo al que llamó Nudo Ruliano. Desde ese día sus zapatos no se desataban por más que uno lo intentara. Pero Rulo no dejó de tropezar. Era como si un ejército de enanos le metiera el pie a cada rato. ¡Cómo le hubiera gustado mandar a esos enanos a la estratósfera! Pero los enanos eran invisibles, así que nunca consiguió atraparlos. De modo que siguió rompiendo cosas.

Los padres de Rulo eran científicos y trabajaban en un laboratorio. La gente decía que eran muy sabios, pero ellos decían que la naturaleza es todavía más sabia que los científicos, pues tiene sus propias leyes y siempre las obedece. También decían que todas las cosas pueden ordenarse en listas enormes y que el universo entero estaba hecho de números. A la madre de Rulo le gustaba hacer listas y a su padre le gustaban los números. Cuando estaban juntos, hacían listas de cosas, les ponían números y estudiaban las leyes de la naturaleza. Eso los divertía muchísimo.

A Rulo no le divertían tanto los números ni las listas ni las leyes de la naturaleza porque, entre otras cosas, sus padres habían creado una Tabla Numérica de Castigos sobre los objetos que rompía su hijo: quebrar un vaso de vidrio significaba cinco días sin usar su patineta, tres ventanas rotas equi-valían a un mes entero sin ver a sus primos, destrozar un animalito de porcelana de la abuela podría costarle hasta dos semanas de lavar platos. En cambio, si rompía uno de sus juguetes sólo lo mandaban a la cama sin cenar.

Rulo estaba confundido, ¿por qué era más grave romper un horrible elefante de porcelana que dos ventanas de la sala? ¿Por qué su colección de piedras volcánicas parecía menos valiosa que un simple vaso de vidrio? Definitivamente las ciencias eran algo complicado. La naturaleza era sabia, pero también muy rara.

Por más que lo intentaba, Rulo no entendía cómo funcionaban las tablas numéricas y las leyes del universo.

Un día concluyó que las ciencias habían sido inventadas sólo para amargarle la vida; creía que por culpa de las leyes de la naturaleza, él debía perder un tiempo precioso lavando platos. También era culpa de la naturaleza que su patineta se estuviera llenando de telarañas. ¡Por culpa de las matemáticas, la física y la química Rulo no había visto a sus primos en años!

Un día Rulo el Rompedor descubrió el truco de sus padres. Después de pensarlo mucho, comprendió que, además de sabios y raros, los científicos eran tramposos. Los sabios usaban la ciencia para explicar las cosas que no tenían explicación. Las ciencias eran como los enanos que él se había inventado para explicar sus tropezones y sus chichones. La enciclopedia era una lista de enanos que los científicos llamaban Leyes de la Naturaleza. En vez de llamarse Malambruno o Pandafilando, los enanos inventados por los científicos tenían nombres tan feos como Ley de la Gravedad o Ley de la Inercia. Cuando un científico no podía explicar por qué se mueven los planetas, hablaba de un hada extrañísima llamada Ley de la Atracción de los Cuerpos. Cuando no entendían por qué el agua se calienta y se enfría, le echaban la culpa a la Ley de la Termodinámica. A veces también los científicos inventaban nuevas leyes y les ponían sus propios nombres, que eran aún más espantosos, como Ley de Newton, Ley de Boyle-Marriot o Ley de Lavoisier.

Cuando al fin entendió el truco de sus padres, Rulo pensó que lo de ser científico no era tan mala idea: parecía más fácil descubrir leyes que inventarse duendes para culparlos de lo que pasaba en el mundo. El universo entero debía estar lleno de leyes raras esperando que un sabio les pusiera un nombre raro. Entonces Rulo tomó un cuaderno y se dispuso a descubrir nuevas leyes de la naturaleza.

Esa misma semana Rulo descubrió que si dejas tu postre junto a una maceta con geranios el postre se llena de hormigas. Anotó esto en su cuaderno y lo llamó Ley de la Maceta y la Galleta. Luego se lanzó en bici por la rampa del estacionamiento y, después de varios golpes, describió con detalle la Ley del Chipote.

Al final de la semana Rulo tenía hasta nueve leyes muy bien bautizadas, dibujadas y numeradas en su cuaderno, y se sentía el científico más sabio del mundo. ¡Al fin estaba listo para revelar a la humanidad su descubrimiento más importante: la Ley Rulo de la Rompitud de las Cosas!

> **Leyes de Rulo**
> ① Ley de la maceta y la galleta
> ② Ley del volador: si lanzas un [f]... el cielo no tar[da]... caer y romperse
> galleta cerca de una maceta se llena de hormiguitas
> ③ Ley del Chipote: si se deja caer una bici desde una pend[iente] con un niño encima este saldrá todo golpeado

Esta nueva ley era muy simple. Rulo la había descubierto después de observar con mucha atención lo que pasaba en la naturaleza y lo que pasaba con él cuando entraba en contacto con la naturaleza. Rulo sabía por experiencia que en el universo las cosas casi siempre se rompen. Sabía que si golpeas un vaso de vidrio contra una pared siempre sale perdiendo el vaso de vidrio. Sabía que hasta las cosas más duras pueden romper-

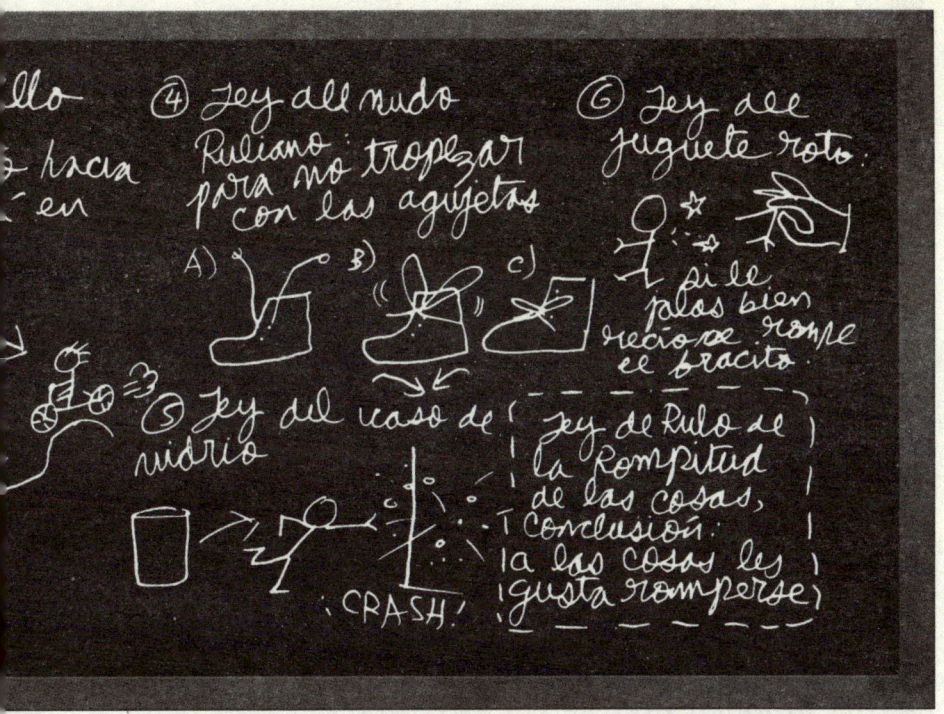

se y que es casi imposible que vuelvan a quedar como estaban.

Todo esto llevó a Rulo hasta una importante conclusión: a las cosas les gusta romperse. El universo entero está hecho de cosas que sueñan con hacerse pedazos unas contra otras. Esa era la Ley Rulo de la Rompitud. Era una ley importantísima que la naturaleza y los hombres deben obedecer.

El problema es que la humanidad no sabe que existe la Ley Rulo de la Rompitud. Por eso los hombres no dejan que las cosas cumplan con su tremendo deseo de hacerse pedazos. Las cuidamos, las cubrimos, las envolvemos, las ponemos en lugares donde no puedan caer, pero tarde o temprano terminan por romperse: ésa es su misión. Claro que a los hombres les enoja que también las cosas obedezcan a la naturaleza en vez de obedecerlos a ellos. Les fastidia muchísimo que las cosas se salgan con la suya y sean muy felices por cumplir con la Ley Rulo de la Rompitud.

Desde que descubrió esta ley, Rulo dejó de preocuparse por las cosas que rompía. También dejó de inventarse enanos y se convirtió en Rulo el Rompedor. ¡A partir de ese día histórico Rulo sería el máximo defensor de la rompitud de las cosas! ¡Sería el mejor aliado de las cosas que morían de ganas por romperse! Pronto sería famoso. Un día convencería al mundo entero de que hay que respetar las leyes de la naturaleza, en especial la Ley de la Rompitud. Le darían premios, viajaría por el mundo, sus padres dejarían de aplicarle su Tabla Numérica de Castigos y la humanidad sería feliz dejando que el universo entero se rompiera en mil pedazos.

¿Qué tiene mi hijo, doctor?

Rulo el Rompedor descubrió muy pronto que no iba a ser tan sencillo convencer a la humanidad del valor de su gran descubrimiento. Ni siquiera sus padres comprendieron la Ley de la Rompitud. ¿No se suponía que eran sabios? ¿No se pasaban la vida estudiando leyes mucho más complicadas que la suya?

Un viernes Rulo rompió a propósito la pecera donde nadaban los peces japoneses de su papá. Luego se sentó muy tranquilo a esperar a que sus padres volvieran del laboratorio. A la hora de la cena sacó su cuaderno y les explicó con calma la Ley de la Rompitud. Pero sus padres no entendieron nada. Al contrario, se enojaron muchísimo cuando descubrieron la pecera rota. Ese fin de semana Rulo tuvo que enterrar a los peces y lavar todas las ventanas de la casa.

La verdad es que nada había cambiado con el descubrimiento de la Ley de la Rompitud. Rulo seguía rom-

piendo cosas. Y sus padres siguieron aplicándole la Tabla Numérica de Castigos. Cuando comprendió que ser sabio y descubrir leyes no servía de nada, Rulo se hizo más rompedor que nunca. No era su culpa que sus padres no fueran sabios ni entendieran algo tan evidente como la Ley de la Rompitud.

Un día Rulo el Rompedor se cayó al llegar de la escuela. Apenas entró en su casa tropezó con la alfombra, dio una vuelta espectacular por los aires y fue a caer a los pies de la mecedora de su abuela. Ella suspiró y dijo con su infinita sabiduría:

—¡Este niño es torpe!

—¡Rulo no es torpe! —protestó su madre mientras le ponía a su hijo una curita—. Puede que sólo tenga algún problema de vista.

Al día siguiente lo llevaron al oculista. Le hicieron un montón de pruebas y Rulo demostró que tenía la vista de un águila.

Lo llevaron después con otros médicos. El peor fue el de las alergias. Le puso diez inyecciones en el brazo. Rulo aguantó como un valiente. Esperaba que le dijeran que era alérgico a miles de cosas y que por eso las rompía. Quizá también era alérgico a sí mismo y tropezaba para romperse. Pero al final el doctor anunció que Rulo sólo era alérgico a los koalas negros y a los ornitorrincos bebés.

—¿Tiene algún koala negro o algún ornitorrinco bebé en su jardín? —preguntó muy serio el doctor.

—No —respondió Rulo—. No tenemos jardín. Vivimos en un departamento. Tampoco tenemos koalas ni ornitorrincos.

—¿Ni uno pequeñito? —insistió el doctor un poco desilusionado.

—Ni siquiera uno de peluche —dijo el padre de Rulo con absoluta seguridad.

—Entonces no tienen de qué preocuparse —dijo el doctor con un suspiro—. Este niño está tan sano como un caballo.

A Rulo no le gustó que lo compararan con un caballo. Tampoco sus padres parecían muy contentos con el diagnóstico. Claro que les daba gusto que su hijo estuviera sano, pero eso no servía para explicar que siguiera rompiendo cosas.

Esa noche, acostado en su cuarto, Rulo oyó que sus padres discutían en la sala. Estaban convencidos de que su hijo no era torpe ni nada por el estilo, pero todavía les preocupaba saber qué pasaba con él. Finalmente, su padre dijo:

—Tal vez Rulo tiene un problema de *motricidad*.

Cuando oyó esto, Rulo sintió que iba a desmayarse. Deseó tener problemas de vista o ser alérgico a todo. Incluso estaba dispuesto a aceptar que rompía cosas porque era torpe. Lo que no le gustó nada era estar enfermo de algo que nunca antes había oído nombrar. Aquella palabra le pareció horrible. Le sonaba a *monstruosidad*. O peor todavía, a *morticidad*.

Esa noche Rulo no pudo dormir. Sentía que el cuerpo se le llenaba de manchas de monstruosidad y le dolía la panza de pura preocupación. Al día siguiente se sentía tan débil que no podía levantarse.

—Dime la verdad —dijo Rulo a su mamá desde debajo de las cobijas—. ¿Es muy grave lo que tengo?

—Sólo tienes un poco de fiebre —respondió ella mirando el termómetro.

—¿Entonces no me voy a morir?

—Nadie se muere por tener un poco de fiebre. ¡Levántate ya! Tienes que ir a la escuela.

—¿No me puedo quedar aquí? —preguntó Rulo poniendo cara de que en verdad pensaba morirse—. ¡Estoy enfermo de monstruosidad!

—¿De qué? Nadie está enfermo de eso, hijo. Mejor vístete. Hoy vamos a hablar con tu maestra.

Rulo se levantó de mala gana. No le gustaba que fueran a hablar con su maestra. Sentía que sus padres le ocultaban algo. ¿Por qué tenían que hablar con la maestra Antonomasia?

Al principio la maestra dijo que Rulo era un buen estudiante. Sólo tenía algunos problemas en matemáticas. Los padres de Rulo insistieron en que su hijo rompía demasiadas cosas, se tropezaba y siempre andaba lleno de chipotes. La maestra Antonomasia los escuchó con atención, lo pensó un poco y dijo:

—Creo que tienen algo de razón. Ahora recuerdo que el otro día Rulo rompió mis lentes.

Diciendo esto se quitó los lentes y se los mostró. Eran lentes enormes, muy viejos. Parecían la momia egipcia de unos lentes, pues estaban pegados con cinta adhesiva.

—¿Lo ve, maestra? —dijo el padre de Rulo—. Este niño rompe todo.

—También rompió un microscopio —siguió diciendo la

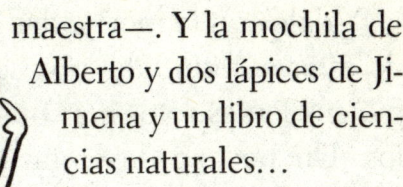
maestra—. Y la mochila de Alberto y dos lápices de Jimena y un libro de ciencias naturales…

La cara de Rulo el Rompedor pasó del rojo al azul y del azul al blanco. Deseó que sus padres no le prestaran a la maestra su Tabla Numérica de Castigos. ¡Sólo faltaba que ahora la maestra Antonomasia se pusiera a contar las veces que Rulo se había tropezado en el recreo o cuando falló el penalti en la final contra la escuela de junto! Eso sí que sus padres jamás se lo perdonarían. La maestra Antonomasia seguía hablando:

—Rulo también rompió un globo terráqueo y una regla en la cabeza de Mariana…

—¡Un momento! —protestó al fin Rulo el Rompedor—. Ésa no cuenta. La regla la rompí a propósito. Mariana no quería darme de su *lunch*.

Su madre lo miró muy seria. Rulo guardó silencio.

—Está claro que Rulo tiene un problema, maestra —dijo al fin su padre—. Nos preocupa mucho. Pensamos que tal vez tenga un problema de motricidad.

¡Y dale con la morticidad! Rulo ya se estaba cansando de estar enfermo de eso. La maestra Antonomasia limpió sus lentes rotos con un pañuelo y volvió a ponérselos. Un pedazo de cinta adhesiva le quedó colgando junto a la oreja. Finalmente dijo las palabras mágicas:

—¿No creen que esto pueda deberse a que Rulo es zurdo?

Los padres de Rulo se miraron asombrados:

—No se nos había ocurrido —dijo su padre pensativo—. Sí, Rulo es zurdo, pero nunca pensamos que eso tuviera que ver con que rompa cosas.

—A veces a los niños zurdos les cuesta un poco de trabajo coordinar sus movimientos. No es nada grave.

Cuando salieron de la escuela los padres de Rulo estaban muy contentos. Y Rulo estaba más que contento. ¡La maestra Antonomasia había dado en el clavo! Nunca pensó que la Ley de la Rompitud tuviera que ver con ser zurdo. Tal vez la naturaleza había elegido a los zurdos para que cumplieran con el deseo que tienen las cosas de romperse. Rulo al fin tenía una razón para que lo dejaran romper cosas. ¡Sin duda la maestra Antonomasia era la persona más sabia del universo!

La segunda Ley
de la Rompitud

Desde que hablaron con la maestra, Rulo el Rompedor empezó a ver el mundo con otros ojos. No es que las cosas hubieran cambiado: era sólo que ahora comenzaban a verse distintas.

Rulo sabía que a veces los zurdos no pueden usar bien la mano derecha y que escriben mejor con la izquierda. Sabía que la mayoría de sus amigos chutaban el balón con el pie derecho mientras él chutaba mejor con el pie izquierdo. Sabía también que en el mundo había menos zurdos que diestros, de la misma manera en que hay menos personas con pelo rojo que con pelo negro. La verdad es que Rulo nunca creyó que ser zurdo fuera nada extraordinario.

Ahora todo eso había cambiado. La maestra Antonomasia le había enseñado que ser zurdo era complicado además de raro. Tener el pelo rojo no era ningún problema. En cambio, ser zurdo podía llegar a ser un problema morrocotudo.

Aquel descubrimiento hizo que Rulo se sintiera importante. No había que ser un genio para entender que ser zurdo servía para explicar muchas cosas. Por ejemplo, explicaba por qué se cansaba tanto al usar las tijeras y por qué manchaba sus cuadernos al escribir. Ser zurdo explicaba también por qué no podía meter penaltis si usaba la pierna derecha. Claro que Rulo tampoco era muy bueno para meter penaltis con la pierna izquierda. Pero con la derecha era casi imposible.

Lo más importante era que los zurdos rompían cosas. La maestra Antonomasia había dicho que era normal que los zurdos rompieran cosas y tropezaran. ¡En una palabra, la maestra había encontrado una nueva ley de la naturaleza! Rulo decidió llamarla la Ley Antonomasia o segunda Ley de la Rompitud de las Cosas.

Esta ley era aún más simple que la otra. Así razonó Rulo en su cuaderno: *Los zurdos rompen cosas, Rulo es zurdo y por eso rompe cosas.* Tan claro como eso. Nadie podía castigarlo por obedecer esa nueva ley. Nadie podía regañarlo por romper cosas. Él no tenía la culpa de ser zurdo.

La Ley Antonomasia era maravillosa. Como buen científico, Rulo empezó a hacerse nuevas preguntas.

¿Cuánto tiempo iba a ser zurdo? ¿Qué tal si ser zurdo no era una ley sino una simple enfermedad pasajera? ¿Qué pasaría cuando dejara de ser zurdo? Un día Rulo puso la cara más triste que pudo y preguntó a sus padres:

—¿No van a curarme de ser zurdo?

Su padre se puso muy serio y le dijo:

—Nadie se cura de ser zurdo, hijo. Ser zurdo es como tener los ojos verdes o negros. Uno nace zurdo y se queda zurdo para toda la vida.

Rulo volvió a poner su cara triste, aunque en el fondo estaba contentísimo. ¡Amaba la naturaleza! ¡Amaba la ciencia y amaba ser zurdo! Ahora estaba seguro de que ser zurdo no era una enfermedad sino un hecho incuestionable. Aquella podía ser la solución a muchos de sus problemas.

Rulo pasaba horas escribiendo en su cuaderno, observando a la naturaleza y estudiando la Ley Antonomasia. Un día su madre le sirvió sopa de acifalfas. Rulo se quedó mirando el plato y dijo:

—Lo siento, mamá. No puedo comer sopa de acifalfas.

—¿Por qué no? —preguntó su madre.

Rulo puso otra vez su cara de perro triste. Colocó la cuchara en la mesa y dijo:

—Recuerda que soy zurdo, mamá. Hay algunas cosas que los zurdos no podemos comer.

Su madre no supo qué contestar. Esta vez era ella quien estaba confundida. De modo que lo dejó irse a jugar. ¡Qué maravilla! ¡La Ley Antonomasia era utilísima! Si reprobara un examen podría decir que el examen no estaba bien preparado para zurdos. Si no quería dormirse temprano diría que los zurdos deben dormir menos que los diestros. Todo podría explicarlo la Ley Antonomasia. No era culpa de Rulo que la naturaleza lo hubiera hecho izquierdo. Los zurdos merecían que el mundo entero les tuviera mucha paciencia. Rulo no sólo era especial: era también un ser especialmente desgraciado. Le gustaba pensar en sí mismo como la mayor víctima del universo; pero eso lo hacía sentirse poderoso. Sería zurdo para siempre y todos tendrían que perdonarle lo que hiciera o dejara de hacer por el sólo hecho de ser zurdo.

Una impostora en el reino de los zurdos

Por un tiempo la Ley Antonomasia funcionó a las mil maravillas. Rulo llegó a convencerse de que ser zurdo era algo así como ser rey del universo. Un rey frágil al que todos tenían que tratar con cuidado y con paciencia. Ahora sus padres le perdonaban que rompiera cosas. ¡Hasta guardaron en un cajón la Tabla Numérica de Castigos! En la escuela sus compañeros ya no se enojaban cuando pateaba el balón fuera de la cancha ni se burlaban de él cuando manchaba sus cuadernos. La maestra Antonomasia le ponía mejores calificaciones y como que le hablaba más suavecito.

Por supuesto que ser zurdo tenía algunas desventajas. Sus compañeros a veces le tenían muchísima envidia. No les parecía muy bien que un zurdo tuviera tantos privilegios, pero a Rulo eso no le preocupaba. Le gustaba que sintieran envidia de él y no quería que nadie más gozara como él de la Ley Antonomasia. Había oído a su padre decir que una de cada diez personas es zurda. Rulo no estaba tan seguro. ¿Cómo podía saber eso su padre? ¿Acaso habían ido por todo el planeta preguntándole a cada persona con qué mano escribía o si pateaba el balón con el pie izquierdo? ¿Cómo podían saberlo en los países donde no se juega futbol?

Por fortuna, hacía tiempo que Rulo había entendido que su padre no era tan sabio como decían. Seguramente estaba equivocado con eso de los zurdos. ¿Una de cada diez personas era zurda? ¿Por qué no una de cada mil? ¿O qué tal un zurdo por cada diez millones? Eso estaría mucho mejor, pensaba Rulo. Puede que hubiera un zurdo en África o en otro planeta, pero Rulo era el único zurdo de su salón y el único de su familia. Con un poco de suerte sería el único zurdo en el país. Eso era suficiente para él. Su madre contaba que una de sus tías abuelas había sido zurda y que un primo suyo también lo era. Pero aquella tía ya había muerto y su primo vivía en Monterrey, que era como vivir en otro planeta. Rulo no tenía por qué preocuparse: nadie le quitaría su corona.

Sin embargo, Rulo se equivocaba: cuando menos se lo esperaba, Victoria Camargo llegó para arruinarle su felicidad.

Victoria llegó a mitad del curso. Era bonita y simpática, estudiosa y bien portada. Además era zurda. Ana Victoria Camargo era una zurda que no cumplía como es debido con la Ley Antonomasia: no rompía cosas ni se tropezaba jamás, siempre iba bien peinada y jugaba futbol maravillosamente; podía meter penaltis con la pierna izquierda y con la pierna derecha y sus compañeros se peleaban por tenerla en su equipo. Por si eso no bastara, Victoria tenía siempre sus cuadernos limpios y

llevaba a la escuela deliciosos sándwiches con crema de acifalfas.

Rulo no podía creer su mala suerte. Si había tan pocos zurdos en el mundo, ¿por qué tenía que toparse con Victoria Camargo? ¿Por qué no la habían metido a una escuela donde no hubiera otros zurdos? ¿Por qué esa niña no se comportaba como una zurda normal? La Ley Antonomasia era una ley de la naturaleza y la naturaleza no admite que la desobedezcan. Aquello sólo podía tener una explicación: Victoria Camargo no era zurda. Sí, pensó Rulo, esa niña era una impostora que había descubierto los privilegios de ser zurdo. Era una espía que decía ser zurda para que le dieran un trato especial.

Rulo no tenía nada contra los que querían ser tratados de manera especial. Pero si todos recibieran un trato especial, entonces el trato dejaría de ser especial. Eso era inaceptable. Rulo era el único zurdo verdadero de la escuela y tenía que hacer algo para defender su honor.

Lo primero que hizo fue decirle a sus compañeros que Victoria no era una zurda de verdad. Como tenía una enorme experiencia en ser zurdo, podía reconocer a un impostor en cuanto lo veía. En su opinión, era evidente que Victoria Camargo era una impostora. Imposible que fuera zurda. Cuando su amigo Gregorio le preguntó cómo podía estar tan seguro, Rulo respondió con voz de sabelotodo:

—Porque no cumple con los requisitos.

—¿Cómo que no? —dijo Gregorio—. Victoria escribe con la mano izquierda y patea la pelota con el pie izquierdo.

Rulo el Rompedor movió la cabeza de un lado a otro.

—Eso no significa nada, Gregorio. Ser zurdo es mucho más que usar la mano o el pie izquierdo. Ser zurdo es un modo diferente de ver las cosas. Para ser zurdo es preciso cumplir con la Ley Antonomasia de la Rompitud de las Cosas.

—¿Y eso qué es?

Rulo intentó explicar lo de las leyes de la naturaleza. Le dijo que la Ley Antonomasia era una ley natural y que los zurdos existían para hacerla cumplir. A pesar de sus esfuerzos, Gregorio no entendió nada. Al final Rulo le dijo:

—Es demasiado complicado de comprender para ustedes los diestros. Basta que sepas que los zurdos rompemos cosas y nos tropezamos. Además, las acifalfas nos enferman.

Gregorio reflexionó un instante. La cara se le iluminó de pronto:

—¡A mí también me enferman las acifalfas! —exclamó—. Además, el otro día tropecé en clase de karate. ¿Eso quiere decir que soy zurdo?

—¡Claro que no! —respondió Rulo, quien comenzaba a perder la paciencia.

—¿Ni siquiera un poquito zurdo? —preguntó Gregorio.

—No, Gregorio. Ni un poquito. Como eres diestro no puedes entender las leyes de la naturaleza. No se puede ser *un poquito zurdo* nada más. Eres o no eres.

A Gregorio le molestó que le dijeran que no era inteligente porque no era zurdo. Entonces Rulo comprendió que no sería fácil demostrar que Victoria Camargo era una impostora. Todavía intentó explicárselo a otros compañeros, pero ellos tampoco entendieron ni jota de las leyes de la naturaleza. Victoria les caía muy bien y no era posible que estuviera mintiendo. Además, no veían ninguna razón para que fingiera ser zurda.

—Lo que pasa es que estás celoso de que haya otra zurda en el salón —le dijo al fin Gregorio.

Rulo y Gregorio se agarraron a moquetes. La maestra Antonomasia tuvo que separarlos. Cuando ella les preguntó qué pasaba, Rulo aprovechó para decirle:

—Victoria no es zurda de verdad, maestra.

—¿Cómo que no es zurda?

—Ella no rompe cosas ni se tropieza.

—¿Y eso qué tiene que ver con ser zurdo?

—No se haga, maestra. Usted dijo que los zurdos rompemos cosas y nos tropezamos.

La maestra Antonomasia se acomodó sus lentes de momia egipcia y dijo que no recordaba haber dicho tal cosa. Rulo se sintió traicionado. Pensó que había una conspiración en su contra. Victoria, Gregorio, sus compañeros y hasta sus papás le tenían envidia por ser zurdo. ¡Hasta la maestra Antonomasia estaba en su contra! ¡La persona que había dado nombre a la segunda Ley de la Rompitud le daba la espalda! Rulo sintió deseos de llorar. Entonces tuvo una idea: retaría a Victoria Camargo a un duelo para demostrar que sólo él era un zurdo auténtico. Le enseñaría que un solo zurdo es más fuerte que un ejército de diestros y volvería a ser el rey de la escuela.

El duelo de los zurdos

El duelo tuvo lugar en el parque cerca de la escuela. Victoria la Impostora llegó a la cita diez minutos antes, pues para colmo era muy puntual. Muchos de sus compañeros fueron a apoyarla.

Rulo el Rompedor llegó un poco tarde. Se había quedado dormido porque la noche anterior había estado practicando sus artes para vencer a Victoria. Le dolía la pierna izquierda de tanto practicar penaltis contra la puerta del garaje. Le dolía la cabeza por los coscorrones que le habían dado por romper la vajilla de las visitas. Le dolía cada parte del cuerpo, pero estaba seguro de que ganaría el duelo. Se sentía listo para demostrar que él era el único y máximo guardián de la Ley Antonomasia.

Lo primero que hizo al llegar fue decir que los zurdos siempre llegan tarde a los duelos. Dijo que ésa era una de las primeras reglas de la Ley Antonomasia. Victoria no parecía muy convencida. Rulo exigió medio punto de ventaja por haber llegado tarde. Luego de pensarlo un rato, los jueces decidieron dárselo. Entonces comenzó el duelo.

La primera prueba era muy simple. Los concursantes tenían que recortar con tijeras una tira de muñequitos de papel. El que hiciera la tira más fea sería el ganador. Rulo ganó sin discusión. Su tira de hombrecitos era francamente espantosa: parecía una pirámide de camellos. Por más que se esforzó por evitarlo, Victoria terminó haciendo una tira de hombrecitos casi perfectos. Rulo ganó un punto, aunque nadie lo festejó con él.

La segunda prueba fue más reñida: los concursantes debían romper con un tiro libre directo las ventanas de la casa del Ruco Bastonazos. La casa estaba en los límites del parque. Era un caserón tan viejo como su dueño. Casi no le quedaban ventanas sin romper. Los niños del barrio acostumbraban jugar allí porque la casa tenía una barda enorme, perfecta para chutar penaltis. Eso sí, había que tirarlos con mucho tino porque el balón podía volarse y el Ruco Bastonazos nunca devolvía los balones.

Cuando llovía, la barda acababa marcada de balonazos de lodo. Si uno se descuidaba, el Ruco Bastonazos salía furioso y perseguía a los jugadores con su bastón.

Era un hombre gigantesco y malencarado. Tenía una pierna más larga que la otra y el pelo gris y muy corto. Tenía además un perrazo llamado Calígula. Decían por ahí que su amo lo alimentaba con balones de futbol y pantalones de niño.

Rulo fue el primero en tirar. Se preparó, chutó y voló el balón por encima de la casa. ¡Qué mala pata! ¡Por primera vez en su vida Rulo no conseguía romper nada! Las cosas comenzaban a ponerse feas. Cuando fue su turno, Victoria pateó el balón con una puntería digna de campeonato. Con sólo un tiro rompió dos ventanas. El público aplaudió a rabiar.

En eso estaban cuando salió de la casa el Ruco Bastonazos, seguido por su temible perro. Todos echaron a correr. En la carrera, Victoria tropezó. No se pegó muy fuerte pero le salió sangre de la nariz. Todos estaban impresionadísimos. En ese momento Gregorio recordó que, según Rulo, los zurdos tropezaban siempre. ¡Y Victoria acababa de dar un tropezón espectacular! Además, todos notaron que Rulo no había tropezado en su huida. ¡Victoria había ganado! ¡Sin duda era más zurda que Rulo! Los seguidores

de Victoria decidieron festejarla comiendo con ella sándwiches de crema de acifalfas. Rulo se tiró al suelo, pataleó, se raspó las rodillas, les gritó para que vieran cómo él también era bueno para tropezar.

—¡Oigan! —gritaba—. ¡No hemos terminado! ¡Les digo que ella es una impostora! A los zurdos nos choca la crema de acifalfas…

Nadie lo escuchó. Rulo se había quedado solo. Victoria había ganado el duelo de los zurdos y la Ley Antonomasia había fracasado por completo.

La Sociedad de los Osos Polares

Rulo debía reconocerlo: el duelo de los zurdos había sido un error. No sólo había sido un error, había sido un fracaso. Y no sólo había sido un fracaso, sino una catástrofe morrocotuda. Era algo así como el fin del mundo pero sin la parte divertida de las explosiones y los meteoritos.

Así veía las cosas Rulo el Rompedor después de su derrota. Ahora Victoria Camargo era conocida como Victoria la Victoriosa. Sólo el pobre de Rulo creía que el duelo había sido una catástrofe, pues los demás pensaban que había sido un éxito. Era lo mejor que había ocurrido en la escuela desde que expulsaron a Horacio Garabito por incendiar un cesto de basura.

Rulo no dejaba de reprocharse. ¿Cómo se le pudo ocurrir algo como un duelo de zurdos? Antes, a nadie le importaba que algunas personas usaran la mano izquierda o el pie derecho. En cambio ahora no se hablaba de otra cosa. Los zurdos estaban de moda. Ser zurdo ya no era una enfermedad ni una ley de la naturaleza: era algo así como un premio del destino.

Lo peor era que, gracias al duelo, también Victoria había descubierto que ser zurda tenía muchas ventajas. Desde que venció a Rulo, aquella niña se hizo todavía más popular. Sus compañeros la imitaban en todo: hablaban como ella, se peinaban como ella y le rogaban que les enseñara a escribir con la mano izquierda. En el recreo aparecieron grupos de niños que practicaban el tiro zurdo. Otros copiaban con la mano izquierda unas planas que les ponía Victoria. A la salida de clases se juntaban para compartir sus horribles sándwiches de acifalfas.

Rulo tuvo que acostumbrarse a estar solo. Iba y venía sin que le hicieran caso. Un día encontró en el patio un papelito que decía:

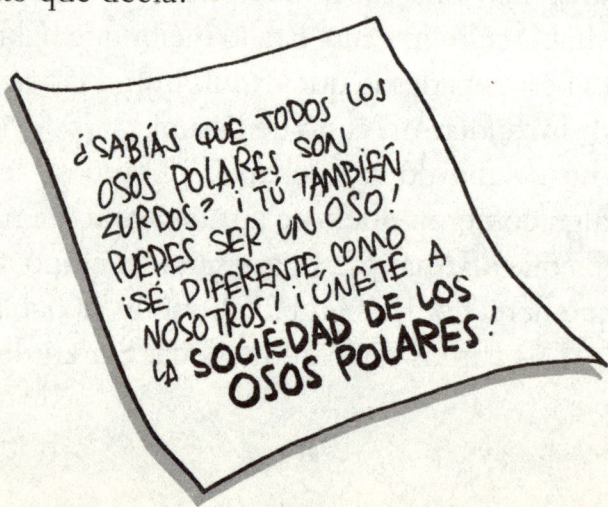

Rulo se quedó helado. ¿De dónde había salido ese ridículo papel? ¿Se habían vuelto todos locos o era él quien se estaba volviendo loco? Ahora no sólo había personas zurdas, sino osos polares zurdos. ¡Ahora cualquiera podía ser zurdo! Rulo fue al patio donde se reunían los seguidores de Victoria la Victoriosa. Les mostró el papel y preguntó:

—¿Qué significa esto?

—Es una invitación —dijo uno de los seguidores de Victoria.

—¡Ya sé que es una invitación! —dijo Rulo—. Quiero saber qué es la Sociedad de los Osos Polares.

—No podemos decirlo. Es una sociedad secreta —le respondieron.

Rulo comenzaba a perder la paciencia.

—¿Y por qué reparten invitaciones si es tan secreta?

Los seguidores de Victoria no supieron qué responder. Pensaron que Rulo quería confundirlos y lo miraron con desconfianza.

Rulo no se dio por vencido. Se plantó entre ellos y exigió que le dijeran por qué aquella sociedad se llamaba así. De pronto, una niña de quinto le preguntó:

—¿No sabías que todos los osos polares son zurdos? ¡Qué raro! Todos los zurdos lo saben.

—¡Claro que lo sé! —mintió Rulo.

Demasiado tarde: sus compañeros lo miraron como si viniera de otro planeta. ¿Cómo era posible que Rulo no supiera que todos los osos polares son zurdos?

Rulo sintió que el cielo se desplomaba sobre su cabeza. Todavía hizo un intento por defenderse:

—Escúchenme —dijo—. Nadie puede aprender a ser zurdo.

—¿Cómo lo sabes? —le preguntó un niño pequeño con cara de listo.

—¡Porque soy zurdo! —gritó Rulo—. ¡Soy un experto en ser zurdo!

—¿Nunca aprendiste a ser zurdo? —preguntó el niño.

—¡No, nací zurdo! —dijo Rulo.

—Entonces, ¿cómo sabes que no se puede aprender a ser zurdo?

Rulo no supo qué responder. Una vez más lo habían derrotado. Quizá sus compañeros tenían razón: tal vez sí se podía aprender a ser zurdo para llegar a ser un día como Victoria Camargo.

De repente Rulo notó que sus compañeros hablaban muy bajo entre ellos:

—¿Qué pasa?

—Rulo, ¿estás seguro de que eres zurdo? —le preguntó muy serio su ex amigo Gregorio.

—¡Segurísimo! —respondió Rulo indignado.

—Pues dicen por allí que tal vez no eres zurdo de verdad. Es decir, un zurdo zurdo. Como Victoria.

—¡Estoy harto de Victoria Camargo! —gritó Rulo fuera de control—. ¡Estoy harto de los osos polares! ¿Por qué dicen que no soy zurdo?

—Porque no eres como Victoria.

Esa tarde Rulo el Rompedor llegó a su casa y rompió una cafetera y tres muñecas de su hermana. También rompió el cuaderno donde había anotado las Leyes de la Rompitud. Mientras lo hacía, iba repitiendo: soy zurdo, soy zurdo. Pero nadie pareció escucharlo.

Las reglas de la Sociedad de los Osos Polares

No sólo la naturaleza tiene leyes. Los países tienen leyes. Los equipos y las escuelas tienen leyes. También las sociedades tienen sus leyes y sus reglas. Especialmente si se trata de sociedades secretas. La Sociedad de los Osos Polares tenía reglas muy estrictas aunque muy extrañas.

Así como no cualquiera puede ser zurdo, no cualquiera podía ser un oso polar. Para ser aceptados en esta sociedad secreta primero tenían que reconocer que ser zurdo era lo mejor que podía ocurrirle a un ser humano y que ser diestro no era ninguna maravilla. Luego era preciso salir a la calle al atardecer, ponerse en cuatro patas y gritar con fuerza: "Soy diestro, soy diestro! ¡Qué desgraciado soy!" Acto seguido los miembros de la sociedad le vendaban los ojos y lo llevaban a su guarida. Allí, el aspirante a Oso Polar tenía que confesar sus errores y sus crímenes de diestro. Debía decir: "Soy Fulano de Tal y me declaro culpable de ser diestro". Entonces contaba todas sus faltas. Finalmente la sociedad lo aceptaba a prueba, en calidad de Osezno Polar.

Después de esta ceremonia, el Osezno Polar aún debía pasar varias pruebas. En dos semanas debía ser capaz de escribir con la mano izquierda una página completa del libro de civismo. La página tenía que ser clara y sin faltas de ortografía. Luego, el Osezno Polar debía comerse sin vomitar ni hacer gestos un frasco entero de crema de acifalfas.

La prueba final consistía en romper con un tiro de izquierda una de las ventanas de la casa del Ruco Bastonazos. Por supuesto, ésta era la prueba más difícil. No sólo se necesitaba una combinación perfecta de fuerza, valor y puntería, sino además una ventana que no estuviera rota, y en la casa del Ruco Bastonazos ya sólo quedaban las más difíciles de alcanzar. Por otra parte, el viejo y su perro estaban más atentos que nunca, pues últimamente les habían roto más ventanas que de costumbre.

Cuando el Osezno Polar al fin conseguía pasar las pruebas, se convertía en Oso Polar. En una hermosa ceremonia era abrazado por sus compañeros y recibía un guante de color negro y la imagen de un oso polar dibujado por

Victoria Camargo en persona. El guante negro era para la mano derecha, pues en adelante el Oso Polar debía usar sólo la mano izquierda. Por eso muchos de ellos rompían cosas al principio, aunque eso, como decía Victoria, era una muestra de que estaban aprendiendo a ser zurdos.

Lo del guante negro sólo se aplicaba en los recreos, en casa y en la calle. En el salón había que quitarse el guante

y portarse como siempre para que nadie descubriera a la sociedad. De todos modos era imposible guardar un secreto así: los Osos Polares iban de aquí para allá con sus guantes, rompiendo cosas y saludándose siempre con la mano izquierda. Alumnos de todos los grados y de todos los barrios querían formar parte de la sociedad. Llegaron a ser tantos, que un día la casa del Ruco Bastonazos se quedó sin ventanas. Entonces cambiaron las reglas y comenzaron a romper las ventanas de otras casas del barrio.

La Sociedad de las Guacamayas Silvestres

Victoria Camargo era la gran jefa de la Sociedad de los Osos Polares. Fue ella quien puso las reglas. Era ella quien organizaba las reuniones y daba los discursos de bienvenida. Incluso entregaba los guantes negros y los dibujos de osos polares a cada uno de los miembros que eran aceptados en la sociedad.

Pero nada dura para siempre. Esto no quiere decir que la suerte de Rulo mejorara: fue sólo que la suerte de Victoria se acabó.

Un sábado, Rulo fue al parque a sentarse en su rincón favorito. Desde que fue derrotado en el duelo, tenía la costumbre de sentarse en un columpio oxidado que estaba en el extremo del parque. Allí nadie lo molestaba con duelos ni sociedades secretas. Cada que podía se llevaba un cuaderno y se ponía a dibujar. Hacía mucho que había dejado de estudiar las leyes de la naturaleza. Ahora sólo deseaba que lo dejaran en paz.

Pero ese día se le habían adelantado. ¡Había alguien en su columpio! Al principio Rulo pensó que era un niño de otro barrio y se dispuso a defender su rincón. Cuando estuvo más cerca se quedó de piedra: era Victoria Camargo. La gran jefa de la Sociedad de los Osos Polares estaba allí, frente a él. Rulo se molestó muchísimo. Iba a gritarle sus peores groserías cuando notó que Victoria estaba llorando. Entonces olvidó lo que iba a gritar y dijo con voz muy firme:

—¿Qué haces aquí?

Victoria dio un brinco del puro susto. Se bajó del columpio y se puso en guardia. Rulo notó que no traía su guante negro en la mano derecha. Cuando Victoria vio que Rulo no pensaba atacarla, se limpió las lágrimas y dijo:

—Me expulsaron de la Sociedad de los Osos Polares.

—¡No puede ser! —dijo Rulo—. ¡Tú eres la gran jefa de la sociedad!

—Pues ya no lo soy —respondió Victoria—. Ni siquiera soy una Osa Polar.

—¿Por qué? ¿Quién lo dice?

—¡Todos! Los Osos Polares dicen que no soy bastante zurda. Uno de ellos me vio jugar a la matatena con la mano derecha. Siempre me ha gustado jugar a la matatena con la mano derecha. ¡Pero ellos dicen que los traicioné por no usar la mano izquierda!

—¿Y no les dijiste nada? —preguntó Rulo. Otra vez sintió ganas de decir groserías.

—No —respondió Victoria—. Tienen razón. Rompí las reglas de la sociedad.

—¡Rompiste las reglas porque eres zurda! —explicó Rulo con ganas de tranquilizarla—. ¡Recuerda que los zurdos lo rompemos todo!

Victoria sonrió. Pensó por un momento que debía volver a la sociedad y decirles que haber roto las reglas era una prueba de que de verdad era zurda. Luego lo pensó mejor y dijo:

—No, ni siquiera los zurdos podemos romper las reglas de los zurdos. Eso es lo único que no debemos romper. Merezco que me hayan expulsado. Además me quitaron mi mochila y se comieron mis sándwiches de acifalfas.

Rulo se quedó pensativo. ¿Cómo habían llegado las cosas hasta ese extremo? Volvió a pensar que tal vez él tenía la culpa de que ahora el mundo entero se hubiera vuelto loco. Era su culpa que la pobre Victoria Camargo estuviera allí.

—No te preocupes —le dijo al fin—. Yo sé que eres zurda. Eso es lo que importa. Te propongo algo. ¿Qué tal si hacemos una nueva sociedad?

—¿Quieres hacer la Sociedad Auténtica de los Osos Polares?

—No. Haremos una sociedad de zurdos auténticos. En ella sólo podrán participar los que hayan nacido zurdos. La llamaremos Sociedad de las Guacamayas Silvestres.

—¿Por qué guacamayas? ¡Son unos bichos horribles! —exclamó Victoria.

Rulo sonrió y dijo:

—También las guacamayas son zurdas, Victoria. Todas son zurdas como tú y como yo. ¿No lo sabías?

—La verdad es que no tenía idea.

Rulo sonrió.

—Pues ahora ya lo sabes.

Y diciendo esto le extendió la mano a Victoria.

La Declaración Universal

Victoria Camargo y Rulo el Rompedor pasaron el domingo organizando su nueva sociedad secreta. Rulo se olvidó para siempre de su cuaderno de leyes de la naturaleza y compró uno nuevo para anotar en él las leyes de la Sociedad de las Guacamayas Silvestres. Esta vez no podían equivocarse. En el cuaderno escribieron que sólo los que hubieran nacido zurdos podrían pertenecer a la Sociedad de las Guacamayas Silvestres. Los miembros podrían ser chinos o marcianos, negros o azules, pero, eso sí, tenían que ser completamente zurdos, zurdos de verdad.

Escribieron también que nadie aprende a ser zurdo. Y que los zurdos deben tener más derechos y privilegios que los diestros. Victoria y Rulo pensaban que el mundo estaba en deuda con ellos: la humanidad había maltratado a los zurdos a lo largo de muchos siglos y era hora de que pagara.

Todo esto lo escribieron porque Victoria sabía muchas historias de lo horrible que era ser zurdo en el pasado. Por su parte, Rulo tenía una lista larguísima de las cosas que sufrían los zurdos de hoy por vivir en un mundo donde casi todos eran diestros: las tijeras, los pupitres, los abrelatas, las navajas suizas, las tazas de chocolate, las guitarras, los guantes de beisbol, las cucharas para cortar el pastel y muchas cosas más se hacían sólo para diestros.

Victoria no salía de su asombro: nunca se había puesto a pensar en cuántas cosas no estaban hechas para zurdos. Y la verdad es que tampoco le había dado mucha importancia. Ahora, en cambio, se sentía molesta. Rulo la convenció de que el universo entero estaba en contra de ellos y que había llegado el momento de la venganza. Sólo los otros zurdos del mundo podrían entender a las Guacamayas Silvestres. Los zurdos eran como caballeros andantes en un mundo de monstruos feroces que usaban la mano derecha sólo para hacerle la vida imposible a los zurdos.

Pensando en esto, Victoria y Rulo agregaron a su reglamento una lista de zurdos famosos que Victoria había encontrado en la enciclopedia: artistas, genios, deportistas, presidentes. Había zurdos importantes en todos los momentos de la historia, lo cual sólo podía significar una cosa: los zurdos eran más listos y más fuertes que los diestros.

Hay que decir que Rulo y Victoria también encontraron una lista de criminales zurdos. Luego de pensarlo un momento, decidieron no mencionar nada sobre ellos en su reglamento, pues se convencieron de que era una lista incorrecta o falsa. Sin duda había sido escrita por algún diestro con ganas de hacerle mala fama a los zurdos. Las Guacamayas Silvestres rompieron la lista de criminales y siguieron adelante con su trabajo.

Además de las listas de zurdos famosos y de sus leyes, Victoria y Rulo planearon entregarle a la maestra Antonomasia una Declaración Universal de los Derechos de los Izquierdos. No querían nada violento: sólo exigirían sus derechos. Demostrarían con razones firmes y claras que se les había tratado injustamente. Primero pedirían que en vez de *zurdos* se les llamara *izquierdos*, pues esto sonaba mejor. Además, Rulo y Victoria pensaban que con ese cambio de nombre los tratarían mejor. Luego pedirían que en el salón siempre hubiera pupitres y tijeras para zurdos. Pedirían también que en la clase de música les enseñaran a tocar guitarra zurda. Pedirían que de cada diez maestros en la escuela hubiera por lo menos un zurdo auténtico, que por lo menos hubiera un zurdo en la sociedad de alumnos y que la escuela diera becas para zurdos sin importar si eran buenos estudiantes o no.

Rulo también pensó pedir que entre los animales del laboratorio de biología hubiera por lo menos una rana, un pez y un ratón zurdo. Victoria estuvo de acuerdo, pero luego de reflexionar un momento, dijo:

—¿Y cómo van a saber si un pez o una rana son zurdos?

Victoria tenía razón. Rulo se dio cuenta de que ni siquiera sabía cómo era posible determinar que un oso polar o una guacamaya silvestre eran zurdos. Mejor sería sacar a los animales de su Declaración de los Derechos de los Izquierdos. No era necesario complicar tanto las cosas.

Ni osos ni guacamayas

La Sociedad de las Guacamayas Silvestres estaba lista para cambiar el mundo, pero el mundo no estaba listo para ellos. De hecho, mientras Victoria y Rulo se preparaban el mundo había cambiado por sí solo. Y la verdad es que no había cambiado de muy buen modo que digamos.

El lunes por la mañana, Rulo el Rompedor y Victoria la Victoriosa caminaron juntos a la escuela. Llevaban consigo su cuaderno de Leyes de la Sociedad de las Guacamayas Silvestres y su lista de zurdos famosos. Además, Victoria había escrito la Declaración Universal de los Derechos de los Izquierdos en una cartulina enorme de color rosa. A la hora del recreo la pegarían en el muro de avisos y le entregarían una copia a la maestra Antonomasia.

Pero las cosas no ocurrieron como ellos esperaban. En cuanto llegaron a la escuela notaron que algo andaba mal. Sus compañeros estaban inquietos. Iban de aquí para allá con cara de espanto. Se juntaban en pequeños

grupos y luego salían corriendo como si los persiguiera un fantasma. De repente pasó corriendo Gregorio. Rulo lo detuvo:

—¿Qué pasa, Gregorio? ¿Adónde vas?

Gregorio traía en la mano el guante negro que le habían dado cuando entró en la Sociedad de los Osos Polares. Pero no lo llevaba puesto: lo estrujaba como si quisiera esconderlo o arrojarlo muy lejos.

—¡Déjame ir, Rulo! ¡Tengo que esconder esto antes de que acabe la junta!

—¿De qué junta hablas? —preguntó Victoria.

—Hay una junta en la oficina de la directora —explicó Gregorio—. Vinieron a quejarse los vecinos. ¡Esto se va a poner feo!

Sonó la campana. Rulo y Victoria fueron a formarse. Siempre era una mala noticia que hubiera junta con la directora. De hecho, cualquier cosa que tuviera que ver con la directora era una pésima noticia, pues no era el tipo de persona que a uno le gustaría encontrarse por allí. Mucho menos cuando salía de junta con los vecinos de la colonia. Esas juntas siempre traían problemas. Los vecinos ponían a la directora de muy mal humor. Luego ella ponía a las maestras de mal humor y las maestras ponían a los alumnos a temblar. Es más, ella *siempre* estaba de mal humor. Pero los problemas con los vecinos la ponían como pantera. Una pantera mezclada con rinoceronte.

Cuando entraron en el salón, la maestra Antonomasia miró a todos desde el fondo de sus lentes de momia egipcia. Traía la misma cara que había puesto cuando expulsaron a Horacio Garabito por incendiar un cesto de basura.

—Los vecinos del barrio vinieron a quejarse de que les rompen las ventanas de sus casas —dijo.

Todos guardaron silencio. La maestra volvió a hablar:
—Sabemos que esas ventanas las rompieron los miembros de un grupo de delincuentes que se hace llamar la Sociedad de los Osos Polares.

Victoria palideció. Rulo trató de tranquilizarla. Le recordó en voz baja que ella ya no pertenecía a la Sociedad de los Osos Polares. No tenía de qué preocuparse. Victoria sonrió, aunque no estaba muy segura de si debía sentirse a salvo. Y tenía razón: en ese preciso momento la maestra Antonomasia pidió al grupo que dijera los nombres de quienes formaban parte de la sociedad. Se hizo un silencio absoluto. Finalmente, uno de los niños de adelante se puso de pie.

—¡Fueron ellos! —dijo señalando a Rulo y a Victoria.

Los demás también se pusieron de pie, los señalaron, les gritaron, los acusaron. De repente alguien dijo:

—¡Claro que fueron ellos! Cualquiera sabe que todos los osos polares son zurdos.

—¡Ellos son los únicos zurdos en la escuela! —gritó alguien más.

Rulo y Victoria no tuvieron tiempo de defenderse. La lengua se les había congelado. En cambio la maestra Antonomasia era un volcán. Estaba frente a ellos echando sapos y culebras por la boca. Dio un grito tan fuerte que por poco rompe las ventanas del salón. En un segundo, los miembros de la Sociedad de las Guacamayas Silvestres se habían teletransportado como de rayo a la oficina de la directora.

El último de los osos

Dicen que los males nunca vienen solos. Ni los males ni los malos. Así lo comprobaron esa mañana los únicos dos miembros de la Sociedad de las Guacamayas Silvestres.

La directora no estaba sola en su oficina. Había alguien sentado frente a ella. Era uno de los vecinos. Pero no era un vecino cualquiera. Éste era enorme, tenía los brazos tatuados y el pelo muy corto y muy gris. ¡Allí estaba el Ruco Bastonazos! Ni más ni menos. Rulo y Victoria lo reconocieron de inmediato. Por fortuna no venía con él su perro Calígula. De todos modos las Guacamayas Silvestres sintieron que estaban metidos hasta el cuello en la peor de sus pesadillas.

Como era de esperarse, la directora se había convertido ya en la pantera mezclada con rinoceronte. Sólo le faltaba echar humo por la nariz. Si no fuera porque allí estaba el Ruco Bastonazos, de seguro habría roto la oficina. Rulo y Victoria no sabían a quién temerle más. Miraban en silencio al viejo y a la directora. De pronto, la directora se esforzó por controlar su enojo y dijo:

—Supongo, muchachos, que ya conocen al señor Capriati.

Las Guacamayas Silvestres asintieron. ¡Claro que lo conocían! Conocían su casa, su bastón, su mal genio y hasta a su perro. Lo único que no sabían hasta ese momento era que se llamaba Capriati. Por desgracia, esa importante información no los hizo sentirse más tranquilos.

La directora prosiguió:

—¿Así que ustedes inventaron la Sociedad de los Osos Polares?

—Sí, pero... —intentó decir Victoria. La directora la interrumpió:

—¿Sabían que todos los vecinos de la colonia están muy molestos porque les rompieron las ventanas? —luego señaló un papel en su escritorio y dijo—: Los vecinos han escrito una demanda. El señor Capriati ha tenido la amabilidad de venir aquí antes de acudir a la policía. ¿Saben lo que eso significa?

Rulo y Victoria negaron con la cabeza.

—Significa que tenemos que expulsarlos si no queremos que demanden a la escuela.

Las Guacamayas Silvestres parecían ahora papagayos blancos. Victoria estaba a punto de llorar. Rulo no le quitaba la vista de encima al Ruco Bastonazos. El hombre no había abierto la boca desde que entraron en la oficina. De repente se movió un poco, adelantó su enorme cuerpo y les preguntó:

—¿Puedo saber por qué se llama así su sociedad?

—Porque, porque todos los osos polares son zurdos —tartamudeó Rulo.

—¡Y eso a quién le importa! —gritó la directora.

El Ruco Bastonazos levantó su bastón como pidiéndole que no interrumpiera. La directora se calló como si también le tuviera terror al bastón de su visitante.

—Es importante, señora directora —dijo muy serio el viejo—. Es muy importante que los osos polares sean zurdos —luego se dirigió a Rulo y a Victoria y les preguntó—: ¿ustedes también son zurdos?

—Sólo a veces —mintió Victoria.

A Rulo le pareció que el Ruco Bastonazos sonreía. Sólo fue un instante: una sonrisa que desapareció enseguida. Luego le pidió a Victoria que le mostrara la cartulina que apretaba en la mano. Era la cartulina rosa donde ella y Rulo habían escrito la Declaración Universal de los Derechos de los Izquierdos. Victoria se la entregó al viejo.

El Ruco Bastonazos leyó con atención. En la oficina se escuchaba sólo su respiración profunda, como de barco a punto de hundirse. Cuando terminó de leer dio un suspiro que sacudió hasta a la directora. Ella aprovechó para decirle:

—Señor Capriati, le aseguro que estos niños no volverán a poner un pie en la escuela.

El Ruco Bastonazos había enrollado cuidadosamente la cartulina. Se la devolvió a Victoria diciendo:

—Creo que no hará falta, señora directora. Estos osos polares no volverán a romper una sola ventana, ¿verdad?

Rulo y Victoria dijeron que no. Fue un no muy suave, aunque por dentro tenían ganas de gritar de alivio. Ni siquiera la directora entendía lo que estaba pasando. Quiso decir algo pero el viejo volvió a levantar su bastón pidiendo a la directora una hoja de papel y una pluma. Ella le dio lo que pedía. El viejo le pasó la hoja y la pluma a Rulo y dijo:

—Escriba lo siguiente, por favor —Rulo empezó a escribir lo que el viejo dictaba—: "La Sociedad de los Osos Polares promete al señor Aldo Capriati que no volverá a romper las ventanas del barrio. Por su parte, el señor Aldo Capriati promete, a nombre de todos los vecinos, retirar las acusaciones contra la Sociedad de los Osos Polares."

Cuando el contrato estuvo listo, el señor Capriati pidió a Rulo y a Victoria que lo firmaran. Luego firmó él. En ese momento las Guacamayas Silvestres entendieron todo: el señor Capriati había firmado con la mano izquierda.

Salieron juntos de la oficina. Caminaban en silencio. Sólo se escuchaba el ruido del bastón del viejo. De pronto, el señor Capriati se detuvo para decirles:

—Les voy a compartir un secreto: no todos los osos polares son zurdos. Acabo de descubrir que en el zoológico hay uno que es diestro —y diciendo esto se alejó.

Ese fin de semana Rulo el Rompedor y Ana Victoria Camargo convencieron a sus padres de que los llevaran al zoológico. Al llegar fueron corriendo directamente a la fosa donde estaban los osos polares. Los observaron con mucha atención, estudiaron cada uno de sus movimientos, hicieron todo por descubrir cuál de ellos era diestro. Entonces notaron que tampoco era posible saber si los osos polares eran zurdos. Nunca encontraron una sola señal que les permitiera saber sin duda alguna si los osos preferían usar la garra izquierda o la garra derecha.

Al principio, Victoria y Rulo se sintieron decepcionados. Más tarde comenzaron a sentirse muy tranquilos. Los osos no parecían muy preocupados por ser zurdos o diestros. Cuando se despidieron esa tarde, Rulo y Victoria también dejaron de preocuparse.

Todos los osos son zurdos, de Ignacio Padilla,
número 207 de la colección A la Orilla del Viento,
se terminó de imprimir y encuadernar en marzo de 2017
en Impresora y Encuadernadora Progreso, S. A. de C. V. (IEPSA),
calzada San Lorenzo, 244; 09830 Ciudad de México.
El tiraje fue de 4 500 ejemplares.